KatieKazoo

ⓑ Bruño

Para Maya y Rachel, fans de Katie desde el principio.
NK

Para las chicas de la calle Spring.
J & W

Título original: *Any Way You Slice It,*
publicado por primera vez por Grosset & Dunlap,
un sello de Penguin Group, EE UU
© Texto: Nancy Krulik
© Ilustraciones: John y Wendy

© Grupo Editorial Bruño, S. L., 2009
Juan Ignacio Luca de Tena, 15
28027-Madrid

Dirección Editorial: Trini Marull
Edición: Cristina González
Traducción: Begoña Oro y María Duque
Preimpresión: Francisco González
Diseño de cubierta: Miguel Ángel Parreño

ISBN: 978-84-216-8283-8
D. legal: M-13381-2009
Impreso en GOHEGRAF INDUSTRIAS GRÁFICAS, S. L.
Printed in Spain

KatieKazoo

La reina
de las pizzas

ⓑ Bruño

Texto de Nancy Krulik
Ilustraciones de John y Wendy

Capítulo 1

—¡CUIDADO, SUSI! —advirtió Katie a su mejor amiga—. ¡Estás a punto de chocar con el puesto de collares!

Katie y Susi tenían permiso para ir solas al centro comercial del barrio siempre y cuando no se alejaran de *El Rincón de las Letras*, la librería donde trabajaba la madre de Katie.

Susi se desvió a la izquierda.

—Gracias, Katie —dijo—. ¡Por poco!

—Esta historia tuya de andar marcha atrás no acaba de convencerme… —comentó

Katie—. Tiene bastante peligro. Podrías hacerte daño, ¿sabes?

—Sí, bueno, pero a estas alturas no puedo dejarlo —dijo Susi—. ¡Ya llevo cuarenta y cinco minutos andando marcha atrás!

—¿Y cuánto te queda para batir el récord mundial?

Susi miró el reloj.

—Solo setenta y dos horas y veintitrés minutos.

En ese momento llegó Fox, el otro mejor amigo de Katie.

—¡Corred! —exclamó—. Tenemos que llegar a tiempo al restaurante de Luigi... ¡Está a punto de hacer una pizza!

A Katie se le iluminó la cara. Le encantaba ver cómo trabajaba Luigi. Cada vez que

preparaba una pizza, montaba un espectáculo increíble lanzando la masa por los aires
mientras cantaba en italiano.

—Susi, ¿puedes correr marcha atrás? —le
preguntó Katie.

—Puedo intentarlo… —contestó Susi.

Fox puso los ojos en blanco.

—¿Por qué no te rindes de una vez? —le dijo
a Susi—. Nunca lograrás batir el récord.

—¿Y tú cómo lo sabes, so listo? —replicó
Susi.

—Pues… igual que no conseguiste batir el
récord de columpiarte, ni el de aguantar sin
respirar, ni el de saltar a la pata coja, ¿o ya
no te acuerdas? ¡Llevas toda la semana
intentando conseguir cualquier récord!

Susi frunció el ceño:

—¡Esto es diferente! ¿A que sí, Katie?

Katie no contestó.

Estaba harta de que sus dos mejores amigos la metieran siempre en sus discusiones. Además, tampoco sabía muy bien qué responder...

Susi llevaba toda la semana intentando hacerse un hueco en el libro de los récords mundiales, y hasta el momento no había conseguido nada de nada. Ni siquiera se había acercado, vaya.

Aun así, Katie sabía que Susi no iba a rendirse. Al menos, no antes de que le diera por otra cosa...

—Venga, vamos —les metió prisa Fox—. Quiero conseguir un buen sitio, cerca del horno. El restaurante estará hasta los topes. Ya sabéis cómo se pone los sábados.

Katie miró a su amiga.

—Adelántate tú —le dijo Susi.

—¿Estás segura?

—Sí, venga. Así me guardas sitio.

Katie sonrió.

—¡Gracias, Susi! ¡Eres la mejor! —exclamó, y echó a correr con Fox.

Aunque no llegaron muy lejos…

De pronto se oyó un ruido tremendo, y al volverse descubrieron a Susi en el suelo, bajo una montaña de sombreros.

—¡Susi ha chocado contra *El Sombrero Viajero!* —exclamó Fox, muerto de risa.

Pero a Katie no le pareció nada divertido. Y al dueño del puesto *El Sombrero Viajero*, menos todavía.

—¡A ver si miras por dónde vas! —le gritó a Susi.

—Perdón —se disculpó ella, colorada como un tomate—. Estaba intentando romper una marca mundial.

—¡Pues casi rompes mi puesto de sombreros! Y ahora, ¡fuera de mi vista antes de que llame a seguridad!

Susi se levantó de un salto y salió corriendo... esta vez marcha adelante.

—¡A la porra tu récord! —se carcajeó Fox.

—No te preocupes... —masculló Susi—. Ya encontraré otro para batir.

Capítulo 2

CUANDO KATIE, Fox y Susi llegaron, el restaurante *Luigi's* estaba hasta arriba de gente. Todo el mundo quería ver cómo Luigi, el dueño, preparaba sus pizzas.

A Katie le gustaba todo de ese restaurante: la máquina de discos de la esquina, el mostrador de helados italianos, el olor a pizza recién hecha que salía del horno… Pero lo que más le gustaba era el propio Luigi. Con su camisa blanca, su delantal y su gran bigote, tenía el aspecto que todo el mundo espera de un cocinero italiano.

—¡Eh, Katie Kazoo, aquí, aquí! —oyó que la llamaba alguien.

Solo había una persona en el mundo que la llamara así, Katie Kazoo, y ese era su amigo Mac.

Katie no tardó en localizar a Mac y a su amigo del alma, Kevin. Estaban sentados en una mesa grande con Ben, el hermano mayor de Kevin.

—¿Dónde os habíais metido? —preguntó Mac cuando Katie, Susi y Fox por fin se sentaron—. Hace diez minutos que tendríais que estar aquí.

—¡Chist! ¡Luigi está a punto de hacer el molinete doble! —le interrumpió Ben, emocionado.

Katie se volvió para mirar a Luigi. El cocinero lanzó al aire un enorme círculo de pasta, lo hizo girar dos veces y lo recogió justo antes de que cayese en la encimera.

—¡Uauuu! ¡Moooola! —exclamó Fox.

—¡Luigi, eres el mejor! —gritó Ben.

—¡Va a hacer una pizza de pepperoni! —anunció Mac—. ¡Me apunto a un trozo!

Katie había esperado que la pizza fuera de espinacas, ya que ella era vegetariana, pero en fin… Esperaría. Total, no podía irse a casa hasta que su madre terminara de trabajar en la librería.

Luigi se disponía a echar salsa de tomate sobre la pizza.

Movió el brazo a toda velocidad, dejando un rastro rojo por toda la masa.

Después lanzó al aire un puñado de mozzarella.

Los trocitos de queso blanco cayeron sobre la pizza como si fueran copos de nieve.

19

A continuación dio un par de pasos atrás y empezó a lanzar rodajas de pepperoni a la pizza.

Las rodajas surcaron el aire como platillos volantes antes de aterrizar sobre la mozzarella.

Luego, mientras cantaba a pleno pulmón en italiano, Luigi añadió una pizca de sus especias secretas y, por fin, metió la pizza en el horno.

La gente se puso a aplaudir.

Luigi hizo una reverencia y cogió otra bola de masa.

—Y ahora… ¡en marcha una pizza de espinacas! —anunció guiñándole un ojo a Katie.

En ese momento, Laura entró corriendo en el restaurante.

—¿Dónde estabas? —le preguntó Susi—. Te has perdido a Luigi haciendo una pizza de pepperoni.

—Perdón… —se disculpó Laura mientras cogía una silla y se sentaba junto a Fox—. Mi madre se empeñó en comerse un trozo de pizza.

—¿Y por qué no se lo ha comido aquí? —preguntó Katie.

—Es verdad —dijo Fox—. ¡Luigi hace las mejores pizzas del mundo!

Laura sonrió:

—Te creo, Fox. ¡Tú tienes el mejor gusto del mundo!

Fox se puso coloradísimo.

—Es que mi madre tenía un vale para un trozo de pizza gratis en *El Rey del Orégano* —siguió explicando Laura.

—¡Pero si *El Rey del Orégano* está en la otra punta de la ciudad! —exclamó Katie, asombrada—. ¿Cómo es que os fuisteis tan lejos?

Laura negó con la cabeza:

—Acaban de abrir un restaurante *El Rey del Orégano* aquí mismo, en este centro comercial. Está al lado de la tienda de música. Hoy es el día de la inauguración, y están dando un montón de comida gratis.

—¡Has dicho «comida gratis»? —preguntó la señora que estaba en la mesa de al lado.

Laura asintió:

—Pizza y bebida gratis.

La señora se levantó, cogió a su hija de la mano y dijo:

—Venga, cariño. Vamos a probar ese nuevo restaurante.

Entonces sucedió algo terrible…

Algo que no había ocurrido jamás…

¡A Luigi se le cayó la masa!

—Lo siento, chicos —se disculpó mientras la recogía del suelo, se ponía unos guantes limpios y cogía otra bola de masa—. Vamos allá otra vez.

Luigi se puso a cantar en italiano mientras la masa de pizza giraba y giraba en el aire.

Pero ya no sonreía como antes.

Se notaba que estaba preocupado.

Y Katie estaba segura de que esa preocupación no tenía nada que ver con que, por primera vez en la vida, a Luigi se le hubiera caído la masa al suelo.

Capítulo 3

NADA MÁS SUBIR al coche de la madre de Katie, Susi empezó a tomarle el pelo a Fox:

—Desde luego…, ¡Laura está loquita por ti!

—¡Chorradas! —protestó Fox.

—¡Es verdad! —replicó Susi. Luego pestañeó y dijo, imitando la voz de Laura—: ¡Ooooh, Fox! ¡Tienes el mejor gusto del mundo!

Fox se subió las gafas y exclamó, con las orejas ardiendo:

—¡Ojalá Laura no se hubiera mudado aquí!

Katie se removió, inquieta.

—No digas esas cosas, Fox —le advirtió.

Y es que Katie sabía muy bien lo peligroso que era pedir deseos, porque a veces se hacían realidad… y podían dar un montón de problemas.

Todo empezó un día desastroso para Katie: su equipo de fútbol había perdido un partido, ella se había puesto perdidos de barro sus vaqueros favoritos y, además, se le había escapado un eructo gordísimo delante de toda la clase.

Esa noche, Katie deseó convertirse en otra persona, y en ese preciso instante debió de pasar una estrella fugaz, porque el caso es que, al día siguiente, apareció el viento mágico.

Era un furioso tornado que parecía soplar solo alrededor de Katie. ¡Tenía una fuerza increíble! De hecho, era tan potente que podía transformar a Katie en alguien diferente.

La primera vez que sopló el viento mágico, transformó a Katie en *Rapidín*, el hámster de su clase[1], y en otra ocasión la convirtió en su propio perro, *Pimienta*[2].

---

[1] Esto ocurre en *Un día horrible en el cole*, el libro n.º 1 de la colección «Katie Kazoo».

[2] Esto pasa en *Un día de perros*, el n.º 8 de la colección.

Pero el viento mágico no solo la transformaba en animales... Otras veces la convertía en adultos, como por ejemplo en Rita *la Papafrita*, la encargada del comedor[3], ¡o en el mismísimo director del colegio![4]

En otras ocasiones, el viento mágico había convertido a Katie en otros chicos, como Laura[5] o Fox[6]. Y ser alguien diferente podía resultar muy complicado... Por ejemplo, cuando se convirtió en Fox, ¡Katie no sabía si usar el baño de las chicas o el de los chicos!

---

[3] Esto sucede en *La guerra del comedor*, el n.º 2 de la colección.

[4] Esto ocurre en *¡Odio las normas!*, el n.º 5 de la colección.

[5] Esto pasa en *¡Hay una copiota en clase!*, el n.º 7 de la colección.

[6] Esto sucede en *Chicos contra chicas*, el n.º 4 de la colección.

A todo esto, Susi seguía pinchando a Fox:

—No te preocupes por lo de Laura, hombre. Ya se le pasará… ¡en cuanto se vuelva un poco más lista!

—Ejem…, ¿qué tal si cambiamos de tema? —sugirió rápidamente la madre de Katie—. Y no olvidéis poneros el cinturón —añadió mientras se disponía a salir del aparcamiento.

Capítulo 4

AL DÍA SIGUIENTE era domingo, y Katie fue con su madre al centro comercial.

—¡Date prisa, mamá! Es la hora de comer y quiero pillar un buen sitio en *Luigi's*.

La madre de Katie se echó a reír:

—Desde luego, ¡no puedes negar que te gusta la pizza!

—No es solo la pizza, mamá. Me lo paso genial en *Luigi's*. Van todos los de mi clase... Bueno, todos menos la señorita Ana, claro, ¡y eso lo hace aún más divertido!

La señorita Ana era la profesora de Katie, y además de ser muy estricta, ¡resulta que ahora también era su vecina!

Se había mudado a la casa de al lado hacía unos meses y, desde entonces, Katie se la encontraba en todas partes: en el colegio, en la calle, en el súper, en el jardín… Pero nunca, jamás, había visto a la señorita Ana en *Luigi's*. Por suerte, su profesora no era una fan de las pizzas.

—Vale, vale, Kat, ¡no corras! —protestó su madre mientras Katie tiraba de ella hacia el restaurante.

Pero cuando llegaron a *Luigi's* se encontraron con que había un montón de sitios vacíos. De hecho, solo había tres personas en todo el restaurante: un padre con sus dos hijos.

—¿Qué, Luigi, un día flojo? —preguntó la madre de Katie nada más sentarse en una mesa cerca del horno.

Luigi aporreaba con fuerza un trozo de masa.

—Por lo visto, solo es flojo aquí... —respondió entre dientes—. En *El Rey del Orégano* están a tope.

La madre de Katie asintió, comprensiva:

—Es porque se trata de un restaurante nuevo. La gente se cansará enseguida, ya lo verás.

Luigi negó con la cabeza:

—No lo creo... La cadena de restaurantes *El Rey del Orégano* tiene muchísimo dinero para publicidad —dijo mientras sacaba un periódico de debajo del mostrador—. Fijaos...

Katie y su madre miraron el periódico. Había un anuncio a toda página que decía:

—Tienen actuaciones todo el día: payasos, un mago… —masculló Luigi.

—¡Bah! Nadie puede superar tu espectáculo, Luigi —replicó Katie—. ¡Y nadie hace pizzas tan ricas!

Luigi sonrió:

—Gracias, Katie. Ojalá todo el mundo fuese como tú.

—No te preocupes, Luigi —dijo la madre de Katie—. Ya se animará la cosa. Todavía es pronto.

Y así fue. En ese momento, alguien entró en el restaurante.

—¡Hola a todos! —saludó Susi.

Llevaba una paleta de madera con una bolita roja sujeta con una goma y la botaba sin parar.

—Cuarenta y uno, cuarenta y dos, cuarenta y tres… —iba contando a cada bote.

—¿Qué estás haciendo, Susi? —le preguntó Katie.

—Intento batir el récord mundial de botes de pelota en paleta. Cincuenta, cincuenta y uno…

—¿Y cuándo has empezado? —siguió preguntando Katie.

—Hace un momentito —respondió Susi sin dejar de contar—. Acaban de regalarme la paleta en *El Rey del Orégano*.

¡PLAFFFF!

Luigi le dio un porrazo tan fuerte a la masa de pizza que hizo vibrar la encimera.

El ruido desconcentró a Susi y perdió la cuenta de los botes.

—¡Grrrr…! Ahora tendré que volver a empezar.

Katie le quitó la paleta.

—Ahora no, Susi —dijo.

—¡Pero es que quiero batir ese récord! —insistió Susi.

—Déjalo para luego —le pidió Katie, convencida de que a Luigi no le hacía ni pizca de gracia ver una pelotita de *El Rey del Orégano* bota que te bota en su restaurante—. Mejor nos sentamos y pedimos un trozo de pizza, ¿eh? Sara y Míriam llegarán enseguida. Comen aquí todos los domingos.

—Pues no creo que vengan hoy… —dijo Susi—. Acabo de verlas en *El Rey del Orégano*.

Luigi no abrió la boca, pero, a juzgar por su gesto preocupado, Katie estaba segura de que había oído todo lo que acababa de decir Susi.

El Rey del Orégano estaba haciéndose con el negocio de las pizzas en el centro comercial.

Capítulo 5

EN CUANTO ACABARON de comer, Susi y Katie fueron a dar una vuelta por el centro comercial. Pararon en *Cuenta que te Cuenta*, la tienda de abalorios; se probaron un poco de sombra de ojos en *El Cofre de la Belleza* y estuvieron mirando pendientes en *El Colgante Brillante*.

—Katie, ¿cuándo te vas a hacer los agujeros de las orejas? —preguntó Susi.

Susi llevaba agujeros en las orejas desde primero, mientras que Katie todavía llevaba pendientes de clip.

—No hace nada de daño —la tranquilizó Susi—. Bueno, no mucho…

Katie se encogió de hombros.

—Vamos a la tienda de música —propuso.

Pero era casi imposible llegar a *CD En Acción*. Toda esa zona estaba llena de gente que se arremolinaba alrededor de *El Rey del Orégano*. Había payasos dando globos a los niños y chicas con trajes típicos italianos repartiendo vales de comida gratis a los mayores.

—¡Eh, Katie Kazoo! —exclamó Mac, que estaba sentado en la parte delantera del restaurante con Zoe y Manu.

—¿Qué hacéis aquí? —les preguntó Katie—. ¿Por qué no habéis venido a *Luigi's*?

Manu se encogió de hombros:

—¡Es que aquí dan bebida gratis!

—Venga, sentaos —les dijo Zoe a Katie y a Susi—. Os haremos sitio.

Susi se sentó junto a Zoe, pero Katie ni se movió del sitio. No pensaba comer en un restaurante que estaba dando tantos quebraderos de cabeza a Luigi.

—Yo… tengo que volver a la librería de mi madre —dijo.

—Venga, quédate un ratito —la animó Manu—. Hemos pedido patatas fritas. Podemos compartirlas.

—¡Eso, eso! ¡Vamos a ponernos las botas! —saltó Mac—. Mi madre me ha dado dinero y me ha dicho que me quede aquí hasta que ella vuelva de hacer unas compras.

—Venga, Katie, siéntate —insistió Susi—. Tu madre no volverá a casa hasta dentro de una hora. Además, aquí tienen batido de chocolate.

A Katie le encantaba el batido de chocolate.

—¿Sabes cómo se hace un batido, Katie Kazoo? —preguntó Mac.

—¿Cómo? —preguntó ella.

—¡Agitando una vaca! —respondió Mac, riéndose de su propio chiste.

Katie también se rió.

—Vale. Me quedaré —dijo por fin—. Pero solo un momento. Y no pienso comer nada.

Susi se encogió de hombros:

—Como quieras, pero yo voy a pedir un batido.

Katie se sentó y miró a su alrededor. De las paredes del restaurante colgaban cuadros de campos italianos llenos de olivos. Todos los camareros llevaban el mismo uniforme verde, blanco y rojo, como los colores de la bandera italiana que había en la entrada. Y, por supuesto, había un cuenco con aceitunas en cada mesa.

Katie suspiró. Comparado con *El Rey del Orégano*, *Luigi's* no parecía gran cosa. Pero la pizza de Luigi era la mejor. De eso estaba segura.

—¡Attt-chíssss!

Mac se llevó la mano a la nariz nada más estornudar, y cuando la retiró, una cosa verde apareció entre sus dedos.

—¡Puaj! —protestó Susi.

A Katie también le dio bastante asco… hasta que se dio cuenta de que aquella cosa verde en realidad era una aceituna.

—¡Je, je…! ¡Sois unas pardillas! —exclamó Mac, partiéndose de risa.

Katie empezó a sentirse mejor, algo más tranquila.

Le encantaba estar con sus amigos, sobre todo los fines de semana.

Estiró el brazo hasta el cuenco que había en la mesa y sacó una aceituna.

Ñam.

Nada más meterse la aceituna en la boca, sintió que se le retorcía el estómago.

En ese preciso instante, Luigi pasaba por delante de *El Rey del Orégano.*

Luigi no la saludó ni le sonrió. Se limitó a seguir andando con cara triste.

Katie estaba segura de que Luigi los había visto a todos allí sentados. Y sabía que ahora se sentiría fatal.

—Qué mala amiga soy… —se dijo en voz baja.

Capítulo 6

Después de que Luigi la pillara en *El Rey del Orégano*, Katie estuvo una semana entera sin aparecer por el centro comercial. Le daba mucha vergüenza.

Pero el sábado, su madre le dijo que debía acompañarla:

—Tengo que ir a trabajar, y como tu padre está de viaje, necesito que te vengas conmigo al centro comercial. No tengo otro sitio donde dejarte —le explicó.

Katie no pensaba volver a ver a Luigi a solas, así que se aseguró de que todos sus amigos estuvieran allí con ella. Quedó a las dos con Susi, Mac, Fox, Kevin, Laura, Míriam, Sara, Zoe y Manu en la entrada de *Luigi's*.

En la cristalera del restaurante había un cartel nuevo que ponía:

SE TRASPASA

Katie no podía creérselo. ¡El restaurante de Luigi llevaba toda la vida en aquel centro comercial!

Katie se olvidó al instante de su vergüenza y fue directa a hablar con Luigi.

—No pensarás dejar el restaurante, ¿verdad? —le preguntó.

Luigi asintió tristemente:

—Pues sí.

—Pero… ¿por qué?

—Todos mis clientes se están yendo a *El Rey del Orégano* —le explicó Luigi—. Esa cadena de restaurantes puede poner anuncios en televisión y en el periódico, algo que para mí es imposible. Y si no me anuncio, no conseguiré que la gente venga aquí en lugar de irse allí…

Los chicos se miraron unos a otros. Se sentían muy culpables por haber comido en *El Rey del Orégano*.

—No os preocupéis. No pasa nada —les dijo Luigi—. Me iré a vivir a la playa. Mi hermana se mudó allí hace años y dice que es el sitio ideal para jubilarse.

Luigi hizo un esfuerzo por sonreír, pero Katie estaba segura de que, en el fondo, le daba mucha pena tener que irse.

De pronto se oyó un extraño ruido.

¡PLOPPP!

Había sido Susi, y ahora tenía la cara completamente cubierta por varios pegotes de chicle rosa.

—Perdón —se disculpó—. Es que estoy intentando batir el récord del globo de chicle más grande del mundo.

Mientras Susi se las veía
y se las deseaba para
quitarse los pegotes
de chicle de la
cara, sus amigos
se partían de risa.

—¿De qué os reís,
eh? —saltó.

Fox se esforzó
para no mirar
a Susi y comentó:

—Lástima que tú no puedas batir un récord, Luigi.

—¿Un récord? ¿Cuál? —preguntó el dueño del restaurante.

—Pues no sé... Por ejemplo, el récord de clientes juntos en un restaurante o algo así —respondió Fox.

—¡Eso sí que estaría bien! —suspiró Luigi.

Entonces, a Katie se le iluminó la cara y exclamó:

—¡Fox! ¡Eres un genio!

—Pues claro que es un genio —dijo Laura con una gran sonrisa—. Eso lo sabe todo el mundo.

Fox se puso colorado y se alejó de Laura antes de preguntarle a Katie:

—¿A qué te refieres con eso de que soy un genio?

—Luigi, ¡ya sé cómo puedes conseguir publicidad gratis en los periódicos y en la tele! —fue la respuesta de Katie.

Luigi la miró con curiosidad:

—¿Cómo?

—Basta con que los periodistas escriban un artículo sobre tu restaurante… —dijo Katie.

—Pero… ¿por qué iban a querer hacer eso?

—Seguro que querrían… si organizaras un concurso para ver quién es capaz de comer más pizza —le explicó Katie—. El mayor comepizzas de toda la ciudad… ¡Eso sí que sería un notición!

Luigi miró a Katie y le dedicó una gran sonrisa:

—Desde luego, para ser tan pequeña, ¡tienes grandes ideas! —luego sacó lápiz y papel y preguntó—: ¿A alguien se le ocurre cómo podemos hacer que la gente se entere del concurso?

—Bueno, yo podría escribir un artículo en *La Gaceta de 3.°-A* —propuso Fox, que era el editor del periódico de su clase.

—Y mi padre podría poner un cartel en el tablón de anuncios de su oficina —dijo Laura.

—Seguro que mi madre también pondría un cartel en el escaparate de su librería —añadió Katie.

—Y nosotros podríamos repartir folletos aquí, en el centro comercial —sugirió Susi, masticando con furia otro chicle.

Luigi garabateó una serie de números en su
libreta antes de decir:

—Veamos… Si cobro diez euros a cada uno de los que quieran apuntarse al concurso, y tres euros a los que vengan como espectadores, creo que podría ser un buen negocio…

—¡Genial! —exclamó Katie—. ¡Así no tendrías que mudarte a la playa!

Luigi suspiró, no muy convencido:

—Bueno… Ya veremos cómo sale la cosa.

Capítulo 7

AL DÍA SIGUIENTE, Mac soltó a grito pelado en el patio del colegio:

—¡Eh, Katie Kazoo! ¡Mis padres dicen que puedo apuntarme al concurso de comepizzas de *Luigi's!*

—Sabía que serías el primero en apuntarte —sonrió Katie—. ¡Eres un auténtico comepizzas, Mac!

En ese momento llegó Kevin.

—¿A que no sabéis? —les dijo a sus amigos—. ¡Me voy a apuntar al concurso de *Luigi's!* Estoy deseando hincarle el diente a una de esas pizzas con un montón de salsa de tomate… ¡Ñam, ñam!

Y es que Kevin era un completo fanático del tomate.

Mac lo miró de arriba abajo.

—¿Cómo que vas a apuntarte? Soy YO quien va a apuntarse a ese concurso, chaval.

—¿Y qué? —replicó Kevin—. Podemos apuntarnos los dos…, aunque pienso ganar yo, claro.

—No te creas, Kevin —intervino Fox—. Ya sabes cómo se las gasta Mac con la comida…

—¡Bah, venga ya! —le interrumpió Susi—. No hay nadie en todo

el colegio que pueda con Kevin comiendo
tomate. ¡Ganará seguro!

Lo cierto es que Susi diría cualquier cosa
con tal de llevar la contraria a Fox.

—No estés tan segura —replicó
Fox.

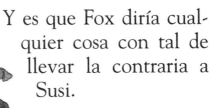

Y es que Fox diría cual-
quier cosa con tal de
llevar la contraria a
Susi.

—Fijo que ganas
tú, Kevin —asegu-
ró Susi muy anima-
da—. Sobre todo
porque pienso ayu-
darte a conseguir-
lo… ¡Voy a ser tu
entrenadora personal!

—Ah, ¿sí? —preguntó Kevin, no muy convencido con la idea.

Susi asintió.

Fox le pasó un brazo por los hombros a Mac y le dijo:

—Tranqui, colega. Yo seré tu entrenador. ¡Ganaremos ese concurso!

—¿«Ganaremos»? —preguntó Mac.

—Bueno, quiero decir que «ganarás»... —admitió Fox—. Pero yo te ayudaré a entrenar.

Fox y Susi se miraron con cara de desafío total, y Katie trató de zanjar la discusión diciendo:

—Que gane el mejor.

—Tranquila, Katie: ganará —dijo Fox señalando a Mac.

—Querrás decir que ganará él —dijo Susi señalando a Kevin.

Katie estaba más que harta de que sus dos mejores amigos se llevaran como el perro y el gato. Pero, por lo menos, se alegraba de que el concurso de comepizzas despertara tanto interés.

✢✢✢

A la hora de comer, Katie se sentó enfrente de Fox y Mac.

La bandeja de Mac estaba hasta arriba: dos sándwiches de atún, dos raciones de patatas, dos trozos de tarta de chocolate y dos zumos.

—¡Ufff, cuánta comida! —exclamó Katie.

—Mac está entrenando… —la informó Fox—. Tiene que comer un montón para que se le agrande el estómago.

Katie miró alucinada cómo Mac se zampaba medio sándwich de atún de un solo bocado.

—¡Ecccs, Mac! ¡Es asqueroso que no cierres la boca al masticar! —se quejó Sara.

—Mientras coma… ¡que lo haga como le dé la gana! —replicó Fox.

—¡*Efo ef, fui fien ficho, Fox!* —soltó Mac, metiéndose seis patatas fritas de golpe en la boca.

En ese momento llegaron a la mesa Susi y Kevin.

Como siempre, la bandeja de Kevin estaba repleta de tomates variados, pero esta vez

también llevaba un sándwich de atún, patatas, un trozo de tarta de chocolate y zumo (de tomate, claro).

—Muy bien, Kevin. Y ahora, atento… —le dijo Susi—: Tendrás que ser muy rápido para poder comerte más trozos de pizza que nadie.

Eso significa que debes aprender la técnica del bocado a dos manos.

—La técnica del… ¿qué? —preguntó Kevin.

—Del bocado a dos manos —repitió Susi—. Tienes que ser capaz de meterte comida en la boca con las dos manos a la vez.

—¿Estás loca? —replicó Kevin, tragando saliva.

Susi puso los brazos en jarras:

—A ver, tú quieres ganar este concurso, ¿sí o no?

—Sí…, claro…, supongo… —respondió Kevin.

—Muy bien. Pues… ¡adelante! —exclamó Susi, poniéndole un tomate en la mano izquierda y un sándwich de atún en la mano derecha.

Katie contemplaba a Kevin y Mac zampando a lo bestia.

Al principio parecían tenerlo controlado, pero, pasado un rato, empezaron a encontrarse fatal.

Mac fue el primero en parar.

—No puedo más —le confesó a Fox.

Fox se quedó mirando fijamente la bandeja de Mac.

Solo le quedaban cuatro patatas.

—Está bien. Puedes dejarlo —dijo—. Además, tenemos que salir. Debes correr un rato.

—Pero... ¡si acabo de comer! —protestó Mac.

—Vamos, vamos… —replicó Fox—. Tienes que estar en forma si quieres ser el rey de los comepizzas.

Susi tampoco dejaba en paz a Kevin:

—Cuando termines con los tomates, haremos abdominales.

—¿«Haremos»? —preguntó Kevin.

—Bueno, quiero decir que «harás» —admitió Susi—. No quiero mancharme el vestido. Pero yo estaré a tu lado, llevando la cuenta de cuántas haces.

Kevin se quedó mirándola fijamente.

No parecía muy contento.

—Venga, ánimo, que este sábado es el concurso y más te vale tener buenos músculos en la tripa para poder tragarte todas esas pizzas con tomate —le sonrió Susi.

—Mejor no me hables de comida ahora... —le pidió Kevin, llevándose las manos a la barriga.

Capítulo 8

TRAS VARIOS DÍAS de durísimo entrenamiento con bocados a dos manos, carreras, abdominales y discusiones entre Susi y Fox, por fin llegó el sábado.

Katie se levantó antes que nadie de su familia, incluso que su perro *Pimienta*, cosa bastante extraña. Normalmente, era él quien solía despertarla con un buen lametazo en la cara.

Katie quería llegar al centro comercial cuanto antes. Le había prometido a Luigi que le ayudaría con los preparativos del concurso.

Ya en el coche, camino del centro comercial, su madre comentó extrañada:

—Qué callada estás esta mañana, Kat. ¿Te preocupa el concurso?

—Bueno, sí, un poco… —admitió Katie—. ¿Y si nadie se presenta?

—Eso no va a pasar, descuida —la tranquilizó su madre—. Ya hay bastantes personas inscritas.

—¿Y si no son suficientes? ¿Y si, al final, Luigi tiene que cerrar su restaurante?

—En ese caso, por lo menos habrás hecho todo lo que estaba en tu mano por ayudarle —respondió su madre—. Has demostrado ser una buena amiga.

Pero Katie no estaba tan segura de eso.

Todavía se acordaba de la cara de tristeza de Luigi cuando la descubrió en *El Rey del Orégano*.

—Esto tiene que funcionar… —fue repitiéndose durante todo el camino.

✢✢✢

—¡Buenos días!

En cuanto Katie entró en el restaurante, Luigi la recibió con la mejor de sus sonrisas. Abrió la puerta del horno y removió las pizzas con una enorme espátula de metal.

—Ya me he puesto en marcha. Tengo varias pizzas en el horno y muchas más preparadas para después —dijo señalando una larga hilera de pizzas listas para ser horneadas—. ¡Tengo que asegurarme de que estén todas a tiempo!

—Mmmh… ¡Qué bien huele! —exclamó Katie—. ¿Qué quieres que haga, Luigi?

—A ver… Seguro que los mayores querrán tomar café. ¿Puedes mirar en ese armarito, a ver si tenemos suficiente azúcar?

Katie asintió y fue hacia el armarito. Allí encontró un enorme paquete de azúcar, además de un bote de canela en polvo, orégano, pimienta y ajo en abundancia.

—¡Listo, Luigi! —confirmó.

—Perfecto. Ahora ve al almacén y saca un montón de platos de papel, por favor.

Katie fue al almacén y empezó a buscar los platos por las estanterías.

Ni siquiera se dio cuenta de que la puerta se había cerrado a su espalda.

De pronto, notó una extraña brisa en el cogote. Empezó siendo muy suave, pero en cuestión de segundos se transformó en un fuerte viento… que solo soplaba alrededor de Katie.

¡El viento mágico atacaba de nuevo!

El tornado empezó a girar cada vez más deprisa, y Katie tuvo que agarrarse a una enorme y pesada caja llena de cubiertos de plástico con la esperanza de no salir volando por los aires.

Cerró los ojos con todas sus fuerzas y esperó a que el viento mágico dejara de soplar.

Y eso es exactamente lo que sucedió.

De pronto, el viento paró.

Así, sin más.

Katie abrió los ojos poco a poco y miró a su alrededor.

Estaba rodeada de cajas y latas, así que aún seguía en el almacén.

Ahora ya sabía dónde estaba. Pero aún no sabía quién era…

Katie se miró la ropa.

Donde antes llevaba unos vaqueros, ahora había unos enormes pantalones blancos. Y un gran delantal también blanco le tapaba la tripa.

A continuación se miró las manos.

Eran grandes y peludas, estaban llenas de harina y olían a ajo.

Katie se llevó las manos a la cara.

Sus dedos rozaron algo muy raro bajo su nariz.

¡Puajjj! ¡Pero si tenía bigote!

De pronto tuvo una horrible sospecha…

Cogió una reluciente bandeja metálica, observó su reflejo en ella y quien le devolvió la mirada fue… ¡la cara de Luigi!

¡Oh, no!

¡El viento mágico la había convertido en el dueño del restaurante!

A Katie casi le da un ataque. ¡Qué horror! ¿Cómo iba a ser Luigi precisamente en ese momento, con un montón de gente esperando sus deliciosas pizzas? Ella no tenía ni idea de cómo prepararlas… ¡En la vida había cocinado nada sin la ayuda de sus padres!

El concurso iba a ser un completo fracaso.

Luigi tendría que cerrar el restaurante y mudarse a la playa con su hermana.

Y todo sería por culpa de Katie.

—Por favor, por favor, ¡vuelve! —suplicó al viento mágico—. ¡Necesito que Luigi esté aquí! ¡Quiero ser otra vez yo!

Pero el viento mágico no volvió, así que a Katie no le quedaba otro remedio que salir de aquel almacén y hacerse cargo del concurso de comepizzas de Luigi.

—Esto va a ser un desastre... —gruñó con su vozarrón de hombre.

Capítulo 9

KATIE SALIÓ DEL ALMACÉN muy despacito.

El restaurante aún estaba cerrado, pero ya se había formado una gran cola en la puerta.

Katie no se lo podía creer… ¡Había muchísima gente, por no hablar de los cámaras de todas las televisiones y los reporteros de todos los periódicos!

En otras circunstancias, se habría emocionado al ver a tantas personas esperando para entrar en *Luigi's*, pero ahora estaba preocupada. O mejor dicho…, aterrada.

Aun así, no podía aplazar más tiempo el concurso.

Katie se armó de valor y fue a abrir la puerta.

¡Solo le quedaba esperar que las pizzas que Luigi había preparado fueran suficientes!

La multitud se puso en marcha.

Ocho de los diez concursantes se sentaron ante la gran mesa que Luigi había preparado en la parte delantera del restaurante, y los chicos que había contratado como camareros para la ocasión se situaron justo detrás.

Casi era la hora de empezar el concurso, pero aún quedaban dos sitios vacíos en la mesa de los concursantes.

De pronto, Laura entró haciendo piruetas en el restaurante. Era una gimnasta estupenda.

—¡Aquí llega Mac, el ganador! —canturreó, agitando dos pompones de colorines—. ¡Aquí llega Mac, el campeón!

Entonces dio una voltereta lateral y la enlazó con un impresionante salto mortal hacia atrás.

Fox entró tras ella gritando:

—¡Ante todos ustedes… el único, el incomparable… Mac *Sonrisas!*

En ese momento, Mac hizo su entrada triunfal.

Llevaba unos pantalones cortos y una camiseta con una enorme cara sonriente. Atada al cuello, como si fuera una capa, llevaba una toalla. Parecía un superhéroe.

Mac saludó a todo el mundo con una mano y con la otra apretó la cara sonriente de su camiseta. Bajo el tejido había un chip que hacía que sonara una risa.

Los fotógrafos se plantaron delante de él y empezaron a disparar sus cámaras. La gente se puso a vitorearlo.

Desde luego, Mac se había convertido en el centro de atención.

Pero no por mucho tiempo.

De repente, alguien hizo sonar un tremendo bocinazo que hizo que todos se volviesen hacia la puerta.

Allí estaba Susi, con una bocina de plástico.

En cuanto vio que todo el mundo le prestaba atención, anunció a la multitud:

—Olvidad al *Sonrisas* ese... ¡Aquí llega el auténtico campeón! ¡Kevin... *Tomatito!*

Entonces entró Kevin.

A diferencia de Mac, parecía avergonzado de ser el centro de atención, y puede que en eso tuviera algo que ver el traje que Susi le había obligado a ponerse.

Llevaba unos pantalones cortos rojos, una camiseta roja, unos calcetines largos rojos y un gorro rojo con un rabito de fieltro verde en la parte de arriba. ¡Parecía un tomate andante!

Las cámaras centelleaban a su paso, y su cara estaba roja… como un tomate.

—¡Venga, Luigi! ¿Cuándo va a empezar el concurso? —saltó Ben, el hermano de Kevin—. ¡Mi hermano está muerto de hambre!

—¡Y Mac también! —exclamó Laura, agitando los pompones—. Fox no le ha dejado tomar nada para desayunar. Qué listo, ¿eh?

Laura miró a Fox con una sonrisa de oreja a oreja, pero Fox se alejó de ella y se limitó a decir:

—Bueno, ¿qué? ¿Empezamos ya, Luigi?

Tratando de controlar los nervios, Katie fue hacia el horno, abrió la puerta y, con mucho cuidado, sacó una de las pizzas con ayuda de la enorme espátula métalica, tal como había visto hacer a Luigi.

Pero la pizza pesaba más de lo que Katie esperaba…

Y, además, era muy grande…

¡Oh, no!

¡Se le estaba resbalando!

Katie recuperó el equilibrio como pudo y consiguió deslizar la pizza rápidamente en una de las bandejas de metal que había en la encimera.

—¡Por poco, Luigi! —bromeó uno de los niños del público.

Katie se puso colorada.

—Caramba, ese horno debe de estar especialmente caliente hoy… —dijo en voz alta uno de los mayores—. ¡Mirad qué roja tiene la cara Luigi!

—¡Vamos, Luigi! —se impacientó Susi—. Kevin ya está listo.

—Y Mac también —añadió Fox.

A Katie le ponía muy nerviosa trabajar tan cerca del horno. En casa tenía prohibido utilizarlo ella sola. Sus padres se lo habían dejado bien clarito.

Pero, solo por esta vez, tendría que desobedecer las reglas…

Katie dividió cada una de las pizzas ya horneadas con ayuda de un cortapizzas, y los camareros cogieron un trozo cada uno y se lo llevaron corriendo a los concursantes.

Mientras se ponían a comer, Katie metió en el horno varias de las pizzas que Luigi había dejado preparadas.

¡El concurso había comenzado!

Capítulo 10

—¡MARCHANDO OTRO TROZO de pizza, Luigi! —reclamó Sam, uno de los concursantes.

Sam tenía diez platos vacíos apilados junto a él, lo que quería decir que ya se había zampado diez trozos de pizza. Hasta el momento, era el que más había comido de todos.

Pero Carol, una señora rubia, alta y delgada, no andaba muy lejos… Ya se había tomado nueve porciones mientras Eric y Olga, otros dos concursantes, llevaban siete cada uno.

—¡Luigi, otro trozo para Kevin, por favor! —pidió Susi al tiempo que daba unas palmaditas en la espalda a *Tomatito* y contaba sus seis platos vacíos.

—Susi, creo que no puedo más... —confesó Kevin.

Susi miró rápidamente a Mac, que estaba zampándose su séptimo trozo de pizza.

—¡Claro que puedes! —replicó—. No querrás que Fox... digoooo... Mac nos gane, ¿eh?

—¿«Nos»? —preguntó Kevin—. ¿Cuánta pizza has comido tú?

—Ya sabes a qué me refiero... —contestó Susi.

—Lo único que sé es que, como tome un bocado más, voy a explotar —dijo Kevin, y volviéndose hacia Katie, añadió—: Lo dejo, Luigi. Me rindo.

Katie asintió. Fue hasta él y le retiró los platos vacíos.

Para entonces, el concurso ya había avanzado bastante. De hecho, Kevin era el quinto participante en abandonar. El pobre se alejó de la mesa andando como un pato mareado. Al verlo, Fox sonrió.

—¡Uno menos, Mac! —le dijo a su candidato.

Pero Mac no respondió. Seguía masticando. Cada vez más despacito.

Al final, Mac miró a Fox. La cara se le estaba poniendo verde.

—Lo siento —se disculpó—. ¡Me encuentro fatal!

Y salió corriendo hacia el baño.

—Yo tampoco me siento muy bien… —reconoció Eric al dar otro mordisco a su octavo trozo de pizza—. Me rindo.

—¡Nada más quedan tres concursantes! —gritó alguien entre el público.

Nerviosa, Katie miró la encimera. Ya solo quedaba una de las pizzas que Luigi había dejado preparadas, y los tres concursantes que seguían comiendo no parecían dar señales de rendirse.

«Alguien va a tener que hacer una pizza más», pensó, y enseguida se dio cuenta de que ese «alguien» tendría que ser ella misma.

«No puede ser tan difícil», intentó convencerse mientras cogía un poco de masa. «Se lo he visto hacer miles de veces a Luigi».

Katie esparció un poco de harina sobre la encimera y lanzó la bola de masa. Luego empezó a pegarle puñetazos, igual que solía hacer Luigi. Después la estiró y la lanzó al aire suavemente… ¡Fiuuu!

—¡La pillé! —exclamó.

Katie volvió a lanzarla… ¡Fiuuu!

—¡Ji, ji…! ¡Qué divertido!

Entonces lanzó la masa de nuevo, esta vez más alto, y la hizo girar, igual que hacía Luigi. Solo que Katie no era Luigi, y ella no tenía experiencia en lanzamiento de pizzas.

Resultó que pillar la masa mientras daba vueltas en el aire no era tan sencillo…

¡PLOFFFF!

¡La masa de pizza le aterrizó en plena cabeza!

Katie sintió un escalofrío. Aquella masa cruda, espesa y húmeda comenzó a resbalarle por la cara. Era una sensación asquerosa.

Sin embargo, de pronto, la gente se puso a aplaudir.

¡Pensaban que se trataba de un espectáculo, como el de los payasos que actuaban en *El Rey del Orégano!*

Katie se quitó de la cara aquel engrudo repugnante y lo tiró a la basura. Luego fue al frigorífico y sacó otra bola de masa.

Volvió a poner harina sobre la encimera, chafó la masa hasta dejarla plana y a continuación la lanzó al aire muy suavemente.

Esta vez no estaba dispuesta a correr riesgos.

—¡Eh, Luigi! ¿Por qué no nos cantas una canción? —pidió alguien del público.

Katie tragó saliva. Luigi siempre cantaba en italiano mientras hacía las pizzas. Pero ella no se sabía ninguna de aquellas canciones…

—¡Sí, venga, Luigi! —empezó a corear todo el mundo.

Katie se devanó los sesos intentando recordar la letra de alguna de las canciones de Luigi, pero era incapaz. ¡No entendía ni papa de italiano!

Al final se le ocurrió una canción que podría funcionar. Solo tenía que cambiar la letra un poco para que se ajustara más a lo que Luigi solía cantar:

—¡Una aceituna se balanceaba sobre la masa de una piiii-i-zza, y como veía que no se caía, fue a llamar a otra aceituuuu-u-na!

La gente empezó a reírse.

—¡Vaya, parece que hoy Luigi está de muy buen humor! —comentó alguien.

—¡Dos aceitunas se balanceaban sobre la masa de una piiii-i-zza —siguió cantando Katie mientras añadía salsa de tomate—, y como veían que no se caían, fueron a llamar a otra aceituuuu-u-na!

Katie echó un poco de mozzarella por encima y miró cómo había quedado la pizza.

Tenía una forma más bien ovalada en vez de circular, pero por lo menos llevaba bastante salsa de tomate y mozzarella. No tenía tan mala pinta.

Katie ya había abierto la puerta del horno cuando alguien la detuvo:

—¡Eh, Luigi! ¡No olvides tus especias secretas!

Entonces sí que le dio un ataque de pánico.

¡Las especias secretas! No tenía ni idea de dónde estaban.

Luigi no le había dicho a nadie dónde guardaba esos ingredientes que hacían que sus pizzas fueran tan especiales. Por algo eran «especias secretas».

Katie tenía que hacer algo. Todo el mundo la estaba mirando.

Sin pensarlo dos veces, metió la mano en un armarito y agarró el primer bote que pilló.

Un polvito marrón cayó sobre el tomate y la mozzarella… y por fin la pizza acabó en el horno.

—Ya no puedo más —dijo Olga al cabo de un rato, pasándole sus platos vacíos a Katie—. Me rindo.

La gente la aplaudió, y Katie también. Olga había sido capaz de comerse diez trozos de pizza, y eso tenía mucho mérito.

Ya solo quedaban dos concursantes: Sam y Carol, que llevaban doce porciones de pizza cada uno.

Katie les sirvió ella misma dos trozos más y no les quitó ojo mientras masticaban.

Aquellas eran las dos últimas porciones de pizza preparada por Luigi, así que los siguientes trozos tendrían que ser de la que había hecho ella solita.

Y, a juzgar por el extraño olorcillo que salía del horno, aquella pizza no tenía nada que ver con las delicias típicas de *Luigi's*…

# Capítulo 11

KATIE ABRIÓ LA PUERTA del horno y puso la pizza recién hecha en una bandeja.

Tenía una pinta muy rara. Por encima de la mozzarella se había formado una especie de capa marrón que parecía caramelo derretido.

Katie esperaba que los dos últimos concursantes no se dieran cuenta.

Pero sí que lo hicieron.

Nada más servir un trozo a Carol, ella lo olisqueó y dijo:

—¿Qué? ¿Probando una nueva receta, Luigi?

Katie se limitó a encogerse de hombros.

Por su parte, Sam dio un mordisco a su porción.

—¡Eh, esta pizza sabe distinta! Es… dulce…

Carol también mordió un trozo.

—Tiene un gusto como a… canela —dijo.

Katie tragó saliva. ¡Oh, no! Los polvos marrones…

Enseguida notó cómo una lágrima se deslizaba hasta el bigote de Luigi. De repente se había olvidado de que tenía aspecto de adulto, y reaccionaba como la niña que era. Y entonces hizo algo verdaderamente infantil… Salió corriendo hacia el almacén, se encerró en él dando un portazo y se echó a llorar a gusto.

—¡Lo he fastidiado todo! —sollozó sentada en una caja de cartón.

De pronto...

¡PATAPLOFFF!

La caja de cartón se derrumbó bajo el peso de Katie y ella se cayó de culo al suelo.

Katie se echó a llorar todavía más fuerte. Le dolía el trasero, le dolían los pies, estaba pringada de harina de arriba abajo y se sentía agotada.

Y todo... ¿para qué? Cuando la gente se enterase de lo mala que estaba aquella última pizza, Luigi tendría que cerrar su restaurante, jubilarse y mudarse a la playa.

De pronto, un tremendo soplo de viento se coló en el almacén y empezó a girar como loco alrededor de Katie, que cerró los ojos con fuerza y se agarró a una estantería para no salir volando.

¡El viento mágico había vuelto!

Nunca se sabía cuándo iba a aparecer… ni cuándo iba a parar, así que a Katie no le sorprendió que el viento mágico se detuviera de golpe, sin más.

Se atrevió a abrir los ojos muy despacito y miró a su alrededor. Aún estaba en el almacén.

Se tocó la cara. Ni rastro del bigote. Se miró las manos. Eran pequeñas, llevaban las uñas pintadas de brillo y no había ni rastro de harina en ellas.

¡Katie volvía a ser ella misma!

Y Luigi también volvía a ser él mismo.

—¿Qué ha pasado? —murmuró—. ¿Dónde estoy?

—¿No te acuerdas de nada? —le preguntó Katie, nerviosa.

Desde luego, ella no pensaba contarle lo del viento mágico...

—Pues... más o menos. A ver... Recuerdo que estaba preparando las pizzas para el concurso cuando... —Luigi se interrumpió en mitad de la frase y pegó un bote—. ¡Ay, madre! ¡El concurso! ¡Tengo que ocuparme de él!

Katie salió corriendo detrás de Luigi.

En el restaurante, Carol y Sam aún seguían sentados a la mesa, masticando la pizza de Katie.

Por fin, Carol se recostó en la silla y dijo:

—No puedo más. ¡Esta pizza de canela me ha matado, Luigi!

Luigi la miró, extrañado, y Katie estuvo a punto de volver a echarse a llorar.

—¡Eh, he ganado! —exclamó Sam—. ¡Soy el rey de los comepizzas!

Las cámaras de los fotógrafos empezaron a centellear, un periodista le plantó un micrófono delante de la cara y todo el mundo rompió en aplausos.

Todo el mundo menos Katie, claro.

Estaba demasiado ocupada observando a Luigi, que aún tenía restos de canela en las manos y miraba a todas partes con cara de alucinado.

Capítulo 12

AL DÍA SIGUIENTE, Katie estaba decidida a quedarse en la cama todo el tiempo posible.

No tenía ni pizca de ganas de levantarse y hacer frente a las malas noticias.

Por eso se hizo la dormida cuando *Pimienta* vino a darle un lametón.

Y se tapó la cabeza con la almohada para no oír cómo su madre canturreaba mientras preparaba el desayuno.

Y no movió ni un dedo cuando oyó que sonaba el teléfono.

No pensaba salir de la cama.

Ni hablar.

No quería ver a nadie.

No quería hablar con nadie.

—¡Despierta, dormilona! —le dijo su padre, asomándose a su cuarto.

—Es domingo —se quejó Katie—. No tengo por qué levantarme.

—Has tenido un par de llamadas.

—No me apetece hablar con nadie.

—Eran de Luigi —la informó su padre—. Quiere que vayas a su restaurante. Tiene algo importante que decirte.

Katie frunció el ceño.

Seguro que Luigi quería comunicarle que iba a cerrar el negocio.

—Venga, a desayunar —dijo su padre—. Mamá te llevará al centro comercial.

··*·*

Katie no era la única a la que Luigi había llamado esa mañana.

Cuando llegó a *Luigi's*, Susi, Fox, Laura, Mac y Kevin ya estaban allí.

Susi, Fox y Laura estaban comiendo pizza, y Mac y Kevin se tomaban un helado.

Justo en ese momento, Mac le comentaba a Luigi:

—Creo que pasará un tiempo antes de que vuelva a comer pizza… ¡Necesito un descanso!

—Katie, ¡por fin has llegado! —exclamó Luigi con una sonrisa de oreja a oreja.

«Qué valiente es», pensó tristemente Katie.

—Tengo algo que deciros, en especial a ti, Katie —anunció Luigi.

Katie se sintió fatal. Luigi iba a hacerla responsable de aquel lío, y el caso es que tenía razón. Al fin y al cabo, todo era por su culpa, ¿no?

—Luigi, yo no quería… —empezó a disculparse, pero antes de que terminara la frase, sonó el teléfono del restaurante.

Luigi lo cogió.

—Restaurante *Luigi's* —contestó, y enseguida añadió—: No, no, sin problemas. Vengan cuando les parezca.

Luigi colgó y sonrió:

—De esto precisamente quería hablaros.

—¿De qué? —preguntó Katie con un hilo de voz—. ¿Vienen ya los de la mudanza?

—¿Los de la mudanza? ¿Qué mudanza? —se extrañó Luigi.

—Pero… ¿es que no te mudas a la playa? —se extrañó todavía más Katie.

—¡Ni hablar! —respondió Luigi—. Ese concurso ha sido una idea genial, Katie. El teléfono lleva toda la mañana sonando sin parar. La gente quiere pizzas y más pizzas…, y hasta me han encargado la comida de varias fiestas. ¡La última llamada era de una señora que preguntaba si hacía falta reservar mesa en mi restaurante! ¿Os lo podéis creer?

—Pero… ¿y la pizza de canela? —preguntó Katie—. ¿No estaba asquerosa?

Luigi negó con la cabeza:

—Aún no sé cómo se me ocurrió hacerla…, ¡pero ha sido todo un éxito! ¿No has visto lo que ha escrito Carol, la finalista del concurso? Resulta que es una importante crítica gastronómica, ¡y ha publicado un artículo entero sobre mi pizza en el periódico de hoy!

Luigi se lo mostró a Katie.

Junto al artículo aparecía una foto de Carol comiendo la pizza de canela.

—Lee el último párrafo —le pidió Luigi.

—«Lo mejor del concurso fue la pizza que Luigi sirvió de postre —leyó Katie en voz alta—. Era dulce y salada al mismo tiempo… ¡Nunca había probado nada semejante! Aquella magnífica experiencia hizo que mi derrota en el concurso fuera más soportable. Se la recomiendo a todos los amantes tanto de las pizzas como de los postres».

Katie miró a Luigi y exclamó:

—¡Uuauuu!

—Voy a añadir una pizza de postre al menú… —la informó Luigi—, ¡y creo que la llamaré «Pizza Especial Katie»!

¡Ostras, una pizza con su nombre! Katie sonrió, orgullosa.

—Ahora mismo tengo una en el horno —dijo Luigi—. ¡Podemos celebrarlo!

—¡Me encantaría tomar un trozo! —anunció Mac.

—¿Pero no ibas a estar una temporada sin probar la pizza? —le preguntó Laura.

—Y eso he hecho. ¡No he tomado nada de pizza en toda la mañana! —contestó Mac entre risas.

Katie también se echó a reír.

Aunque la risa se le congeló al momento.

Luigi acababa de abrir la puerta del horno, pero en lugar del aire caliente que esperaba, Katie sintió un vientecillo fresco en el cogote.

¡Oh, no!

¿Sería el viento mágico una vez más?

¿La convertiría en otra persona… delante de todos sus amigos?

—Ufffff, por fin has puesto el aire acondicionado, Luigi —dijo Susi—. ¡Aquí dentro hacía un calor horrible!

Katie suspiró, aliviada.

¡No se trataba del viento mágico!

Ahora ya podría sentarse y saborear tranquilamente con sus amigos la «Pizza Especial Katie».

Se lo había ganado.

CURSO DE COCINA ITALIANA DE KATIE KAZOO

MONTA TU PROPIO RESTAURANTE EN CASA

¿A que te encanta la comida italiana?
Pizzas, espaguetis, lasaña…,
¡ñam, ñam!

Ahora podrás practicar esa deliciosa cocina
con las siguientes recetas.
Son muy sencillas, pero… ¡OJO!
Muchas de las cosas que hay en la cocina
pueden resultar muy peligrosas para ti:
el horno, los cuchillos, la placa vitrocerámica,
los fuegos de gas…, así que nunca, JAMÁS,
prepares una sola de estas recetas
sin la ayuda de un adulto, ¿de acuerdo?

Y ahora…,
¡mucho ánimo y pon las manos en la masa!

MINIPIZZAS SUPERFÁCILES

Ingredientes:

* Seis rebanadas de pan de molde

* Un bote de tomate frito

* Un paquete de queso mozzarella

* Tus ingredientes favoritos: jamón york, anchoas, aceitunas, champiñones…

* Una cucharadita de orégano

* Mantequilla

Modo de preparación:

Unta con mantequilla una bandeja de horno y coloca sobre ella las rebanadas de pan de molde.

A continuación, extiende un poco de tomate frito con una cuchara sobre cada rebanada y espolvorea una pizca de orégano sobre el tomate.

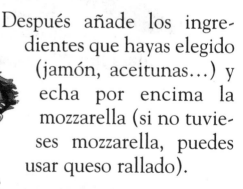

Después añade los ingredientes que hayas elegido (jamón, aceitunas...) y echa por encima la mozzarella (si no tuvieses mozzarella, puedes usar queso rallado).

Precalienta el horno a 180 °C, y cuando esté listo, pon la bandeja dentro.

Deja que las minipizzas se cocinen hasta que la mozzarella se derrita (aproximadamente unos diez minutos) y…

¡Ya puedes sacarlas del horno!

ESPAGUETIS QUESIFUAGRÁS

Ingredientes:

* 400 gramos de espaguetis

* 100 gramos de jamón york en taquitos

* Un paquete de queso rallado

* Una lata de fuagrás

* Un brik pequeño de nata líquida

* Sal

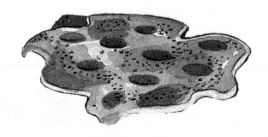

Modo de preparación:

Cuece los espaguetis en agua con sal durante unos 10-12 minutos.

Cuando estén casi cocidos, pon el fuagrás a
deshacerse en una sartén junto con la nata
líquida y remueve hasta que la mezcla se
espese un poco.

A continuación añade los taquitos de jamón
de york a la nata con el fuagrás y sigue remo-
viendo.

Cuando los espaguetis ya estén cocidos del
todo, escúrrelos y échalos sobre la salsa de
nata, fuagrás y jamón york. Remuévelos para
que todos los ingredientes se mezclen bien.

Sirve los espaguetis en platos
y espolvoréales un poco
de queso rallado
por encima.

Puedes gratinar cada plato en el horno o en el microondas (si tiene grill) durante 3 ó 4 minutos, pero si no los gratinas, tampoco pasa nada... ¡Tus espaguetis quesifuagrás estarán igual de ricos!

ENSALADA DE PASTA MULTIFRUTAS

Ingredientes:

* 200 gramos de pasta de colores (valen las espirales, los lacitos, los macarrones...)

* Cuatro barritas de cangrejo

* Lechuga

* Dos rajas de melón

* Tres rodajas de piña

* Un melocotón

* Una manzana

* Salsa rosa

* Sal

Modo de preparación:

Mientras cueces la pasta durante unos 10-12 minutos en agua con sal, lava y pela toda la fruta y trocéala en taquitos.

Lava y pica la lechuga y colócala en una fuente grande, de manera que cubra todo el fondo.

Cuando la pasta esté hecha, enfríala poniéndola bajo el grifo, escúrrela bien y échala sobre la lechuga.

Añade la fruta en taquitos, corta los palitos de cangrejo en rodajas finas y échaselos también.

Por último, añade salsa rosa por encima y... ¡tu ensalada de pasta multifrutas ya está lista!

Índice

DESCUBRE
EL SECRETO
MÁGICO DE...

n.º 1: Un día
horrible en el cole

n.º 2: La guerra
del comedor

n.º 3: El increíble
bebé parlante

n.º 4: Chicos contra
chicas

KatieKazoo

n.º 5: ¡Odio
las normas!

n.º 6: Peligro
en el campamento

n.º 7: ¡Hay una copiota
en clase!

n.º 8: Un día
de perros

n.º 9: La reina
de las pizzas